추억은 그 안에서 그립다

박이정시선 03

추억은 그 안에서 그립다

초판 1쇄 인쇄 2018년 6월 21일
초판 1쇄 발행 2018년 6월 30일

지은이 권오휘
펴낸이 박찬익

펴낸곳 (주)**박이정**
주소 (우)130-070 서울시 천호대로 16가길 4
전화 02-922-1192~3
팩스 02-925-1334
홈페이지 www.pjbook.com
이메일 pijbook@naver.com
등록 2014년 8월 22일 제305-2014-000028호

ISBN 979-11-5848-402-6 (03810)

* 책값은 뒤표지에 있습니다.

박이정시선 03

추억은 그 안에서 그립다

권오휘 시집

(주)박이정

  고향집 뒷동산은 나의 작은 세계이며 미지의 우주다. 초등학교 시절 오가며 수많은 이야기는 들려주던 소중한 벗이며 기억의 공간이다. 철이 들어 학업을 위해 한 동안 떠나 있던 시절에도 여전히 삶의 중심에서 그리워했다.

  그 후 고향 밖에서 지내다가 이제 고향집에 삶의 터를 잡았다. 지금은 부모님이 떠나고 삶의 흔적만 남긴 채 초라한 모습으로 마주하게 된 고향집. 허허한 마음을 달래기 위해 뒷동산에 오르면, 따스한 봄 햇살과 코끝을 스치는 바람이 있는 이곳은 여전히 시상의 공간이며, 시의 고향이다.

  그 숱한 시간들이 그리움으로 쌓여 이곳에 고스란히 남아있다. 생각해 보면 그 시절 평구마당과 항수바위 위에 누워 하늘을 담으려고 했던 순간들은 아름다운 추억이다.

  그동안 부족하지만 마음에 간직한 생각들을 하나 둘 모아 엮어 미완의 작품을 내고자 용기를 냈다.

  봄날, 이 시집을 사무친 그리움으로 부모님께 바친다.

2018. 봄.
심유산방에서
권오휘

II부 그 두 번째 이야기; 비는 바람을 타고

III부 그 세 번째 이야기; 나를 바라보다

IV부 그 네 번째 이야기; 기억의 눈을 보다

$\text{I}^{부}$

그 첫 번째 이야기

; 추억은 그 안에서 그립다

친구와 보리밥

떠난 친구는
남은 사람에게
만남과 추억을 준다

기억하고 있는 것보다
잊고 지내는 것이 더 많다는 것을
그를 통해 알게 되었다

반평생이란 시간 뒤에
만난 어색한 자리에서
악수하는 것보다 편한 것은 없다

그는 내 얼굴에서
아픈 어린 시절을 훔쳐가고
푸른 뽕잎에서 달디 단 오디를
먹고 입꼬리에 미소를 남긴다

목구랑 넓은 물속의
붕어랑 미꾸라지를 따라간
그 친구는 안경을 다시 올리며
광주리에 빨아 놓은
내 부끄러운 보리밥을 먹는다

길 떠난 친구는
말라 버린 보리알처럼
지금의 나를
과거에 살게 했다.

연과 실

오르렵니다.
더 높이
더 멀리
끝이 닿지 않는 곳 너머

당기렵니다
처음엔 느슨하게
좀 더 느슨하게
…
시야에
두고 싶습니다

알게 되었습니다.
갈 곳도
머물 곳도
결국
스스로 결정한다는 것

실은
연이 닿을 수 있는 곳으로
줄을 놓습니다

하여
연은 언제나
실을 바라만 보고
주위를 맴돌 뿐입니다

그대를 보내고

가은 골 그 너머
가랑비 내리는 날 그대를
멀리 보내고
한 컨에 선 채로
아련함만 주머니에 넣는다

하늘하늘
그림자 뒤로
머리카락만
가슴에 닿았다

한 쪽 발 들고
소년처럼 뛰며
걸으며 가던 길
다시 홀로 걷는다

보슬비
말없이 내리는 날

그대를 보내고
긴 철로 위에서
그리움을 내린다

어머니

한 생이 말을 한다

백의 구십은 품으로
살았고

백의 십은 눈물로
지냈고

백의 백은 정으로
살아 또 한 생을 보고

고개를 끄덕인다

꿈연

일곱 살
아이의 치아
고른 흰색이
곱다

배꼽이
아직은
수박 배꼽

세상에는
부족함이 많은
나이

때 이른
아이의
너털웃음

돌편지 IV

돌편지 사연 속에
인연이 살아나고
하나 둘 그리움이 묻어난다

그 사람 다릿돌 하나
쌓아 내게 주었지만
그 다리 낙엽 따라 흘러가고

흐르다 조약돌 되어
물 속 인고의 세월
봄풀 되어 돋아난다

골 깊은 인연 따라
여름 가재 돌 속으로 들어가고
향 묻어나는 늦가을 하늘

주머니 속에 넣어 주고
오늘도 만지작거리며
보내지 못한 돌편지

망태기 Ⅲ

흩어 놓았습니다.

숨어 버린
조각은 안타깝습니다
생각의 끝이
추억의 시작임을 알게 되었습니다

눈 감으면
고향 산이 보입니다
처음
얼굴을 내민 곳이기에
그리운가 봅니다

생각하면
철길은
다리를 놓아 줍니다
자갈 하나에도
기억을 할 것 있나 봅니다

주어보면
문천지는 꽤나
넓어 보입니다
매년 사람들과 연이 있어 보입니다

아름다움 너머 고요는
아직도
마지막 조각을 찾지 못한
까닭입니다

죽음과 부활의 갈망

일천 산에 오른다
바닥의 흙을 고른다
고구마 줄기를 헤앗고
콩 포기를 가지런하게
컨컨히 쌓는다

이천 산에 오른다
바위 위의 풀을 뜯고
가지 많은 아카시아 나무를
뿌리 채 캐어낸다

삼천 산에 오른다
선 굵은 바위 앞에
쌓인 흔적 쓸어 낸다
넓은 마당 단을 쌓는다

무릎 꿇은
삼배 속에 향기가득
빛이 나고
감았던 눈을 뜬다

친구라 하네

비우고 떠나게
비울수록 채워지니
또다시
비우고 떠나게

가진 것 많아 내려놓고
손으로 만들고
담아도 담아도
끝없는 것

하여 버리고 떠나게
채우는 게 비우는 것
버린 것 주워서
다시 채우고 버리고 떠나게

마지막 남은
행과
원마저도
버리고 떠나게

너털웃음 끝에
찾아오는 아련함
그것이 그립네
하여 비우고 떠나게

나뭇잎 편지

옛날 아주 먼 옛날
나의 사랑은 둥글고 넓은 나뭇잎
보기만 하여도 입가에 미소를
머금게 하는 감나무 사랑

메마른 가슴 한 점 파르르
번지게 하는 잎 말린 벽오동 사연
아픈 가슴 깊이 박힌
잎가는 솔잎

파란만장 울긋불긋
말리고 뒤틀린 채 굴러가는 그림자
그 너머 잎 둥글게
매끈한 사랑의 마음

울퉁불퉁 솟아난 상처를
삭히며 마음을 전해 주는 손길
그 옛날의 나뭇잎 편지
눈물이 난다

망태기 Ⅱ

아지랑이 끝이
아지랑이의 처음인 것을

철길은
동행할 수 있어 좋습니다

가랑비도
목구랑을 넘치게
한다는 것을

솔은
말이 없어 좋습니다

단풍은
새로움으로 가는
재주가 있음을

바위는
제 자리의 무게를
알아서 행복합니다

물이
얼음이 되듯
외형이 중요하지 않음을

눈꽃은
환상이 무엇인지
변형의 아름다움을 알게 해 줍니다

몇 마디

그 많던 기억들
하나 둘
사라지고
세상에 남은 건
고요

생각하면
치열하게 살아온 것도
아니다

그저
내 공간
네 주위만
맴돌다

그냥 그렇게 세월을 보냈다

비는 나를

빗방울은 인연을 만든다

봄비는 아련한 아지랑이다
끝이 보이지 않는 철길
빗방울이 돌에 떨어진다
철 길위에 같은 돌이 없듯이
만남도 인연도 그렇다

가을 산이 단풍이 들었다
바람에 날려 떨어질 자리를 잡은
낙엽 위에 또 바람이 분다

겨울비가 내린다
마른 갈대에 바람이 앉는다
비에 젖은 갈대가 서걱인다

시린 겨울비에 바람을 뿌린다
바람이 지나간 자리엔
추억이 하나 둘 자리한다
돌아보면 손에 잡힐 것만 같은 그리움이다

그대에게 가고 싶다

철길 위에 못을 놓고
기차가 지나 가기를
기다리는 그 시절은
추억이다

뒷산에 올라 산딸기 따서
피마자에 곱게 싸 집으로 돌아오면
아늑하기만 한 마당

태양이 따갑게 비추던 그곳
사람의 마을에 다녀와서
창문을 보고 향기를 느낀다

오늘 같은 하루는
그 시절의 그대에게 가고 싶다

추억

홀로 긴 밤을
지키는 것은
소리를 얻기 위함이다

마디 굵은 손
삶의 이랑은
갈고 또 갈아도 힘겹다

바람으로 일어난
지난 시절은
벽화가 되었다

나는

늙은 어부가 되어
바다를 바라본다.
깊은 바다 속
밤바다를 달린다

그것이 그대를 향한 물결이다
마른침을 삼키며
새벽 바다를 본다

바다에도 꽃이 핀다
바람과 함께 바다는 꽃을 피운다
들꽃은 풀벌레 울음으로 청초하다
바다꽃은 바람이다

늙은 어부가 되어
바람이 만든 꽃을
안고 바다가 된다

편지

그것은 나의 첫사랑이었다

서울에서 대구로 내려왔다
골방에서 종일 골똘하게 앉아 있다
희미한 오촉 전구는 창호지로 바람이 불면
촛불처럼 일렁인다

계절이 변하는 가을이 되면
마른잎이 되어 갈라진 손으로
그에게서 온 편지를 책장을 넘기듯
소중하게 침을 발라 넘긴다

세상이 꽁꽁 언 겨울
산촌의 저녁 짓는 연기처럼
편지는 고독이다

촛불이 타는 심지를 본다
촛불 심지는 그리움이다
진흙탕의 홀로 긴 대궁에 꽃을피우는
연꽃처럼 그립다

이 계절에
오지 않는 편지를 기다리는 것은
나의 첫사랑에 대한 고독이다
그것은 사랑이었다

그림 그리고 사진

그림도 사진도 계절을 잘 만나야 한다

계절 속에서 시간을 손질한다
그림은 영감과 기다림
사진은 시간과 기다림이다

손질하고 있다
그림에서 세월을 낚고
사진에서 순간을 배운다

그림도 사진도 기다림이다

여기서 오래 전에

세상을 떠난 친구와 닮은 사람을 본다
그는 그저 먼 산을 바라보고 있다
그 옆에는 친구처럼 앉아 있는 사람
다시 보아도 친구의 모습이다

친구를 닮은 사람
인위적인 기억은 아무리 집어 넣어도
그 친구 생각에
내 영혼은 방향을 상실한다

물결이 바람에 일렁아고
바다 위를 표류하듯 파문이 인다
내가 나를 찾을 때 그는 내 등대가 된다
어둠이 내린 지금
가슴을 누르고
가장 긴 비는 가장 늦게 땅에 닿는다

소리도 각각이다
잎넓은 낙엽은 바람과 함께 아름답다
명봉사 빗길을 거닐다
빗속에서 그를 본다

내린 비는 땅을 젖게하고
비는 길을 만든다
때론 직선 때론 사선으로 내 마음 속 풍경이다
촉촉하게 산사의 풍경 소리로 그는
유년의 풀꽃 닮은 길을 만든다

소리에서 그 옛날의 친구를 만난다

촌부와 나무

손을 내어 바람을 느낀다

가지 사이로 오랜 가뭄이 느껴지고
그 가뭄을 이기려는 기다림이 있다
나무는 수많은 나뭇가지에 소망을 걸었다

봄의 파릇한 새싹을
여름의 풍성한 푸름을
가을의 황홀한 단풍을
겨울의 눈꽃을 지난 뒤에
촌부는 불어오는 바람을 기다리고 있다

촌부여, 바람이여
그대는 어디쯤에 서 있는가

촌부는
나무 위에 자리한 새의 날개가
바람을 가르고 다가올
오늘을 기다리고 있다

바람비

바람이 비를 그리면
나는 바람을 위해 나무 위에 둥지를 만든다
나무 위에 둥지는 내리는 비를 여기 저기에
묻어 놓는다

세월이 지나도 빛이 바라지 않는
둥지는 나무 사이로
비와 바람의 추억을 만들고
나뭇가지는 흔들리어 떨어지는
그리움을 자기의 어깨에 걸친다

그리움은 벽을 만들어 놓아도
그 사이로 들어와서
못내 아프고 슬픈 마음에 불을 지핀다

불은 바람 사이로 추억마저 따뜻하게 만든다
그 따뜻함이 나무문으로 스며들어
세상에서 가장 아름다운 사랑을 키운다
비가 내리는 날 오랜 기다림으로
세상으로 팔을 벌린다

바람에 젖다

바람이 지나고 난 뒤에
잔잔한 평지에 그대를 위하여
작은 그림을 그리겠습니다

마당이 알맞게 넓은 집에
구석구석 눈길이 갈 수 있는 나무를 심고
세월을 담아 바래지 않는 추억의 탑을
세워 놓겠습니다

그대의 그림 위에
지나간 흔적마다 미소가 스며들게
세월의 색을 칠하겠습니다.
담 낮은 벽돌을 세우고
벽돌 사이에 아름다운 과거를 메우겠습니다

담 위로 들어오는 바람을 통해
그대를 향한 그리움을 터놓아
바람벽에 아쉬움이 걸리지 않게
벽난로를 지어 마음의 불을 붙여 놓겠습니다

따뜻한 마음으로 찬바람이 들지 못하게
아름답고 아담한 그림 가장 자리에 선 굵은
길을 만들고 그대만을 위한 문을 세우고
그대가 바람되어 오는 날 활짝 열어 놓겠습니다

나를 찾아서

나에게 더 이상 줄 것이 없다고 생각하지 말자
나를 위해 생각하면 할수록 넉넉한 물길이 열린다
진실로 나를 생각한다면
마지막에 남은 눈물마저 아름다워진다

나를 찾아 떠나는 길은 오래 가도 지치지 않는다
가다가 힘들면 쉬었다 가도 좋은 것이
나를 만나기 위한 길이다

스스로 보내고 가슴 아파하지 않아도 좋은 일이다
늘 함께 할 수 있는 자신을 찾기 위한
떠남이라면 붙잡지도 말고 앞길을 막지도 말고
자신을 위해 조용하게 고개만 끄덕여 주면 된다

나를 찾아가는 일은 그런 일이다
가도 끝이 쉽게 종착역에 도달하는 것은 아니다
그다고 가다가 돌아올 길은 아니다
힘들고 아픈 일도 혼자 두고 돌아올 일은 더욱 아니다

나를 바로 보는 길은 나를 찾아가는 첫 걸음이다

비 오는 날

상동 뒷산에 바람이 불고 비가 내린다
멀리 보이는 첫길 위로 기차가 지나가고
흔들리는 돌들이 바람과 비를 맞이한다

복사꽃잎 타고 온 시간이 잠시 멎고 가는 곳
향수 바위에 앉아 세월을 보낸다
다시는 오지 않는 기차를 기다리고
첫길 옆에서 서성거리고 있다

역관은 깃발을 들고 기차를 지나보낸다
내리는 깃발을 보고 산다는 것에 대해
생각을 한다

여전히 비는 내려 첫길 위에 돌을 씻고
멀리 희미하게 보이는 가로등 불빛이 보이고
비옷을 입은 역관이 하루를 내린다

어쩌면 삶이란 저 달리는 기차와 같다
차표를 하나 들고 중도에 내릴 수도 없고
그냥 계속 앞으로만 가야하는 것
때론 삶이 쓸쓸하고 외롭기도 하다

되돌아 올 수도 없는 환불이 되지 않는
하나 밖에 없는 기차표가 종착역으로 달리는 게
우리네 인생이다

그렇지만 버릇처럼 잠시 어디에 내리고 싶다
배웅 없는 기차를 타고 비오는 날
간혹 간이역에 서서 나를 돌아볼 수 있는
혹은 나와 닮은 사람을 만날 수 있으면 좋겠다

이렇게 비가 내리는 날에는
간혹 연착이라도 되었으면 좋겠다

길 위의 사람

낙엽 뒹구는 오솔길을 걷는다
떨어진 낙엽에 삶의 무게를 느끼며
세상에 같은 삶의 길이 없듯이
다른 길을 걸어간다

그 길을 보고 걷는 사람은
늘 그리움과 슬픔을 삼키고
돌아서 다시 걸어온 길을 돌아보고
또 다른 길을 찾아 떠난다

길을 걷고 자리를 잡는 건
인생 전체를 두고 고민하게 한다
길에서 만난 사랑은 사건이다
사랑 속에는 그리움이 함께 한다
사랑과 그리움은 늘 동반자다
길에서 마주한 사람

서로에게 그리움이 있어서 만나는 거다
바람이 불고 낙엽이 떨어지는 날
길 위에서 만나게 되는 사람은
한 생을 둔 큰 사건이다

그것이 사랑이고 그리움이었다

II부

그 두 번째 이야기

; 비는 바람을 타고

한천의 사계–이별 연습

한천의 봄
보이지 않는 선을 타고
오고 가는
우연의 만남
푸른 물은
그저 흐르기만 한다

한천의 여름
시멘트 바닥 위에
모기의 비행과 떨어지는 빗물
손가락 사이에
번뇌로 눌러 붙고 쌓인
니코틴의 무게가 코를 찌른다

한천의 가을
바람 쓸쓸히 낙엽을 굴리고
흘러가는 냇물은
말이 없이 일렁인다.
무릎 세우고 앉은 자리
쌓인 먼지 떨어낸다

한천의 겨울
물속의 흔들림은
쌓인 눈에 잠긴다
남음과 떠남
회오리 속
인연으로 남는다

바람

어디를 봐도
막히고 트이었다
그래서 머물고 떠났다가
돌아온다

생각뿐이었다

바람층이 짜 올린 공간은
바닥에서 오를 때도
회오리치며 내릴 때도
늘 불안하다

물방울이었다

지나가는 구름을 덮고
가볍게 떠 오르다가
그대 가슴에 닿기도 하고
그대로 벽이 되어 돌아오기도 한다

분명 또다른 벽이 되었다

파계사

해를 안고
바다를 건너
처음 문으로 들어선다

남음과 사라짐이
딸기 한 알갱이
따개비 촉수 하나

동굴 지나
둘째 문을 들어서면
사방을 지키는 넉넉한 힘
나뭇잎 한 잎으로
길 위에 날린다

한 발 더 내딛으면
불이문(不二門)
돌아 돌아
두 손을 잡는다

마니산 Ⅱ

하늘과 산은 시시각각
그대로의 하늘이고 산이다
찰나에 하늘과 땅이 오고간다
달빛은 고요하고
급하게 오른 발걸음에
먼지가 인다

시간은 무상하고 영원하다
윤회의 숲 사이를
시간의 지문은
태양의 빛 받아
더욱 아름답다

하늘빛이 지상으로
내려오고 올라간다
아침은 푸른 바다로 일렁인다.
저녁 나무 사이로 달이 걸려있다

가는 길은 고행의 길
낮은 바위 조심조심
산과 나무 바람이
한 몸이다

행

이러 저리
바람이 흐르는 데로
같이 일렁인다

쓸쓸한 고행
단에 놓인
물은 마르고
먼지는 쌓인다

손끝에 흐르는
땀방울은
기쁨의 눈물

가던 길
다른 길
현재는 행복이다

마니산 IV

대명포구와 초지대교를
지나 찾아 가니 움츠린
살가운 풍경은
구름 없이 푸른 하늘은
내 가슴에 안긴다

산 아래
고즈넉한 마을
검푸른 바다 빛깔
그 바다에 점점이 떠있는
작은 섬

길상

기억은
바람을 타고
오르고 또 오른다

내려 보면
끝이 없어
흘러 가는
낙엽의 비행

내 닿을 길
찾고 찾아
낮별 따라
오르고 또 오른다

이어진 눈길
사분히 앉은
돛단배 사랑

길상
염도 생도
무상이야
눈을 감아야 닿을 수 있는

길 위의 길

봉정암

보이는 것이
눈에 들어와
아름다울 미자가 된다

하여 산수풍광
끝없는 계단을 오르며
또 올라 어깨를 편 곳은
마등령 고개 일명 '깔딱고개'다

귀 들어 보니
은은한 산사의 목탁소리
소리 따라 가는 길
익숙한 시골길
흙돌담 오솔길

어둠이 손을 맞아 준다.
미역국에 오이 넣어
허기진 배 채우고
짐을 풀어
45센티 내 공간
마음을 내린다

불뇌 사리보탑
저마다의 소원을
손 끝에 모우고
합장

한 공간을 자리하여
퍼지지 않은 새벽 햇살을
기다리는 마음으로 앉는다

하늘바라기

비가 햇살처럼
지나간 자리
물결이 겹을 쌓아
가는 모래 위에
자국 많은 얼굴을 남긴다

굳은 흔적이
물벽을 만들어
버림과 아픔으로
귀 속 깊은 소리로
묻어난다

바람은
안으로만
소리를 내어
흩어지고 모이고
다시 돌고 돈다

과거는
흔적으로 솔방울처럼 남아
서성이다 되돌아
멀리 간 그리움도
눈에 보이는 거리만큼
아득하다

망천

비가 햇살처럼
지나간 자리
물결이 겹을 쌓아
가는 모래 위에
자국 많은 얼굴을 남긴다

굳은 흔적이
물벽을 만들어
버림과 아픔으로
귀 속 깊은 소리로
묻어난다

바람은
안으로만
소리를 내어
흩어지고 모이고
다시 돌고 돈다

과거는
흔적으로 솔방울처럼 남아
서성이다 되돌아
멀리 간 그리움도
눈에 보이는 거리만큼
아늑하다

앙금

손을
냇물에
담가 봅니다

바람이
내 손등을
스치고 지나갑니다

여운이
잔잔하게
미소처럼 쌓입니다

쌍계사 Ⅱ

처염상정(處染常淨)
마음의 때가 씻기어 간다.
우렁차지만 시끄럽지 않은
피어서도 아름답지만 져서도 고은
상사화보다 아름다운 상계사

강물은 남으로
해는 서로 흘러가고
세찬 물보라
일주문 자욱하게
두 계곡 나누어 올라가는 쌍계사

까치밥 남은 감은
보는 것만으로도
풍요롭다
길 따라 연결된 물줄기
옥천교로 이어지고

하늘은
찬 공기 시리지만
새벽 운무 그윽하게
그 향기로
도량을 채우니

섬진강 물결은
역광의 별밭처럼
그 모습 눈에 닿으니
영혼마저 맑아지는
상계사

마니산 Ⅲ

구름 한 점 없이
맑은 하늘에 잠겨 있는 곳
서해낙조
하산이
망서려 진다

달빛은 앙상한 숲속을
이 새벽 다른 곳의 아침
물처럼 흐른다
나도 따라 흐른다

거친 돌을 다듬어 쌓아
무상하여 영원한 자연
아래는 하늘을 나타내는 원을
위는 땅을 나타내는 네모를 만든다

구름 한 점 없이
맑은 하늘에 잠겨 있는 곳
함허동천(涵虛洞天)
옛 선사의 마음이 따습다

보리암 Ⅳ

합장하는 두 손에
이는 바람은
아름답다

선인의 옛 기도처가
나무 가지 바람에
기운 몰고 오른다

뒷산

마을 뒷동산은 내 마음의 고향이다
어린 시절 평구마당에서 시간을 보냈다
길을 떠날 때는 안부를 전한다

고향을 돌아와도 가장 반기는 산이다
꿈틀거리는 바다가 보고 싶어 떠난 시절에도
산골나무 위의 새들의 꿈을 그릴 때도
산은 언제나 그 자리를 지키고 있다

벼가 익어 고개를 숙이는 계절이 다가왔다
바람에 일렁이는 벌판은 물결이다
그 세월을 돌아 다시 찾은 고향은
옛날에 살게 하였다

길 따라 보이는 촌부의 세월은 바람이다
세월은 바람이 만든다
추억을 만들고 지나간 세월을 보듬고
아름다운 얼굴이 뒷산이다

참성단

시간의 아름다움

짧은 그림자 따라
산은 산으로
들은 들로
일몰을 감동 시킨다

산 나무는 지난 시절
비스듬하게 쏘이는
빛살에 의지하여
낙엽의 잎맥을 드러낸다

칼바람 불고
눈발 자유로이 날리는 정상
눈 들어 바다를 가로 지르는
까마귀의 날갯짓을 본다

하늘 길 열어 땅으로 내려오는
찰나도 묶을 수 없는
시간을 쪼개어
과거와 현재를 날고 있는

무상심의 비행을 본다

홍련암 Ⅱ

별이 내린다

일렁이는 것은 모두
물, 물
물길이다
하늘 바다다

푸른 구름은
높이 더 높이
바람을 가르고
바다에 앉는다

물길 휘감아 도는
바다는 물감아
회오리로 다시
돌고 돌아
향기만 남기고

별은 바다를 안는다

항수바위

전설은 전설을 안고 침묵한다

옛날 이 곳에
아들을 낳지 못하는 사람이
매일 치성을 드리러 왔다고 한다

지성이면 감천이다
드디어 훌륭한 아들을 얻게 되었다
이 아들은 장수의 기운을 받고 났다
하지만 아들을 사람들이 보면 안된다 하여
낮에는 집밖 출입을 하지 않고
밤이면 혼자 이 곳 항수바위 아래
신들과 함께 노닐다가 집으로 돌아갔다

사람들은 남의 행복을 그냥 보고만 있지 않는다
매일 아이를 보여 달라고 한다
아이가 이웃 사람들의 입에 오르내리기 시작하자
아이는 그날 이후 사라졌다

아이는 전설이 되었다

아직도 떠나버린 장수아이를 기다리며
항수바위는 바위 사이에 전설을 안고
망부석이 되었다

마니산 I

하늘과 산은 시시각각
그대로의 하늘이고 산이다.
찰나에 하늘과 땅이 오고간다.
달빛은 고요하고
급하게 오른 발걸음에
먼지가 인다

시간은 무상하고 영원하다.
윤회의 숲 사이를
시간의 지문은
태양의 빛 받아
더욱 아름답다

하늘빛 지상으로
내려오고 올라
아침 푸른 바다로 일렁인다.
서녘엔 나무 사이로
달이 걸린다

함허동천(涵虛洞天)
가는 길은 고행의 길
낮은 바위 조심조심
산과 나무 바람이
한 몸이다

평구마당

산길을 돌아 평구마당에 도착한다

지나오는 길에 꽃상여집 앞에
돌단 하나 쌓는다.
이런 일은 아주 사소한 일상이다

꽃상여집 앞에 쌓인 탑 아래
어쩌다 오늘처럼 작지만
진달래꽃 송이들이 짙은 향기를 뿜으면
한 아름 안고 돌아온다

돌아오면 어느새 꽃송이의 향기는
평구마당을 가득 수놓고
아련한 추억이 되어 가슴에 젖는다

평구마당 큰 나무 아래 그네는
세월을 낚고 또 낚는다
문득 생각을 안고 올라갔다가 내려오면
추억처럼 바람에 그네가 날리고 있다

산 II

이제 산에 서 있다

눈에 익숙한 것
바람에 가지가
흔들리고 꿈들이
더 높이 날린다

은은하게 흐르는 바람
그 속으로 들어가
추억도 기억도
하나가 된다

주먹 같은 솔방울
얼굴에 부딪혀도
산은 말이 없다

사이 사이로 번지는
빛들의 향연
무늬도 없는
시간의 지나감
그것은 기다림이다

모처럼 찾은 이 산
굽이쳐서 돌아가는 골짜기
그 사이로 떨어지는 낙엽
사랑탑
하나 둘 쌓는다

해는 서산으로 간다.
길은 눈 앞에
산과 산을 연결해
높은 나무 다리를 만든다

지금도 그 옛날에 서 있다

화엄사

길 너머 길
중천을 따라 돌아
켠켠이 켜 진 불
돌아 돌아 연화교

쌓인 흔적
천년 세월 지나
연 닿아 찾은 손
미소로 반기네

걸음 걸음
흔적 남기고
쌓아 올린 팔각 기둥
하늘 품어 아늑하다

호미

이미기 밭에서 긴 고랑이 함께 한다

봄이면 이미 손에 잡히는 건 너
길섶으로 난 논둑 위로 걸어서 간다
칼날 같은 논둑은 늘 곡예사를 닮게 한다

뛰어서 도착한 밭과 밭둑 사이가 멀다
귀퉁이는 어제 내린 비로 헐어져 있고
그 사이에는 풀이 눈이 시리도록 푸르다

너무 많이 뛰었나
고무신이 벗겨졌다
검은 고무신인데
흰 실로 꿰매진 아픈 기억이다

밭 가운데는
할아버지와 할머니가 오랜 시간 자리한다
망초가 주변에 만발하다
바람에 날리며 아름답다

어머니의 굳은살에는 늘 호미가 쥐어져 있다
구부러진 허리가 도랑이 되어 물이 지나간다
흘러가는 물을 가두기 위해 돌담을 쌓는다

호미보다 더 많이 닳은 건 어머니 연골이다

보리암 I

바람이 길을 알려 준다

남해 보리암
보이는 바위는 금뚜꺼비 뿔
그 위에 독고성
구름에 가린
달빛 더욱 아름답다

바람이 머리카락을
흔들게 할 수 있지만
마음을 다스릴 수 없다
고개를 끄덕이며
오르고 또 오른다

소원 담은
촛불 하나 하나
바람을 안고
꽃불되어
하늘로 오른다.

어둠이 내린 도량
솔향 그윽하여
앉으니 내 자리
마주 잡은 두 손에
따뜻한 온기가 느껴진다

Ⅲ부

그 세 번째 이야기

; 나를 바라보다

우망석

잇자고 잇자고
길을 걸으며
고개를 끄덕이며 끄덕이며
한 길 걸어 또 걸어간다

비우자고 비우자고
남기고 비우자고
아련한 사람 냄새는
주머니 속에 깊게 넣는다

걸터 앉아 쉴 때도
스치고 지나가는
물결 가느린 감촉도
지나면 자국으로 남는다

잊을 것 모아 만든 탑
그 속에 내 앉아
돌고 돌아
다시 앉은 우망석

일명사

굽이쳐 돌아돌아
영겁 세월 다시 돌아
앉은 자리

떼 묻지 않는
천년 도량
그대로 솟은 바위

넘실넘실 물길 따라
큰 나무 하늘 향해
자리 잡은 잎 넓은 노송

고개 들어
오가는 사람마다
깨달음이 묻어나는
풍경소리

초가집

처마 아래
연잎으로
타는 촛불

오고 가는
발걸음에
모이는 인정

창호지 사이로
엷은 미소
번진다

문

문을 열면
바람
길이만큼
떨어진다

갈 곳 찾아
발걸음
잠시 접고
내게로 떨어진다.

달빛 희미한
등 아래로
내린다

문은
큰 숨 쉬며
고개 들고
새로운 길이 된다

마니산 V

서쪽방향으로 뻗어
내려간 손발 모양
능선을 쌓아 올린
바위 다리
여명 받아 빛난다

바람

계절의 어귀에는
늘 바람이 함께 한다

이 사랑이 가물거리는
기차가 지나간 철길 위
긴 논두렁 위에도
늘 바람은 함께 한다

소나기 내린 빈 하늘
골이 생긴 밭이랑 사이
손을 데면 따뜻한 온기를 품고 있는 새집
아이들이 놀다가 운동장
그 사이에도 바람은 함께 한다

누렇게 익어 고개 숙인 나락
가을 하늘을 아름답게 긋는 고추잠자리
풀내음 따라 바람도 함께 한다

눈 덮인 세상에도 바람은
숨을 죽이며 기지개를 켠다

돌편지 Ⅲ

당신을 봅니다
당신은
봄의 낭만을
아는 사람이지요

굽이굽이 문경새재
울긋불긋 가을 날
길따라 오고 가곤 했지요

소죽을 끓일 때
그대에게 보내는 편지는
고추잠자리 하늘 맴돌던
사연을 담아 보냈지요

길가 코스모스 살랑이는
그 많은 사연을
익어만 가는 감나무 가지 끝에 매여
함께 보내곤 했지요

이제는 화석이 된 돌편지

쌍계사 Ⅰ

상사화
꽃잎은 붉은 꽃을
꽃은 푸른 꽃잎을 보지 못하고
열매도 맺지 못하는
사랑병 앓은 마음

유난히 붉고
아름다운 꽃잎은
사랑병 앓은 연인의 마음을
잡는다

그 사랑병
붉은 꽃잎은
하늘만 향해 피어있는
꽃잎 속 그리움

그리움이 등불되어
주위를 밝히는 꽃의 성불
상사화 아픈 사연
골골이 남아 흐른다

돌편지 I

돌편지 사연
추억은 벌써 만수를 넘겼고
알알이 새겨 놓은 흔적에
고요한 마음 흔든다

계절 따라 그리움은
세월 위에 춤추지만
찰랑이며 반짝이는 물결
그 많은 겹겹에 사연을 적는다

길섶 옆에
한 계절 지켜 섰던 돌다리
세월 지난 뒤에도
변함없이 반긴다

돌편지 사연은
밤새 불던 바람으로 비질해 놓은 듯이
빗살무늬로 산을 세워 놓았다

수취인 불명

십리길 다니다가
이제 돌아 앉아
긴 걸음 그 아련함에
고개 숙이며 올려다 본
까치밥 감나무

한 세상 지내와도
생각없이 그리워하지만
가을 달빛에
그네처럼 일렁이며
갈대를 스치는 바람

잡을 수 없는 사연
그 너머로 날아간
골 깊은 메아리라도
세월 속에 녹쓴 자전거
위에 내린다

마디 굵은 수숫대
무게를 이기지 못하는 아쉬움
반도로 떠 올리기에는
그물 사이로 떨어지는 물방울이
많은 오늘

집 떠나 친구 찾아간 편지

홍련암 Ⅲ

이 길 계속 가면
연줄 닿는 곳
눈결 주어
따르고 또 따른다

은은한 물결 위
밀려온 파도치면
바위는 포말 안고
바다가 된다

주고 떠나고
돌아 다시 돌아
서 있는
의상대 소나무

여행자 손길
바람결 따라가면
향기 붉은 해당화
발길 따라 흐른다

행장에 묻은 손때
끈 잡아
고개 숙인 합장
붉은 연꽃 귀로 들어온다

돌편지 V

아버지 매상준비로 바쁘시고
어머니 마디 굵은 손으로
가마니 손질하는 고향집

밖으로 날아가 버린
낟알 주으려고 다니는
그 옛날 바람 많이 불던
한나절

그 끝을 알 수 없지만
지금도 줍지 못한 낟알 하나
돌과 함께 옛날에 살아
지금도 아쉬움으로
가라앉는다

문지방

내 키를 기록해 둔 문은
오래 전에 나를 눕혔다

이승과 저승의 경계 닮아
밟고는 못 가게 한 문지방을
가로 질러 가고 또 간다

지금은
더 먼 곳을 보기 위해
밟고 서는 것마저
익숙하다

문지방에는 온기가 있다
냉온에서는 그것이 없다
따뜻한 37.5도에서
그리움을 싹을 틔운다

오래 전에 나를 눕힌
문에 추억이 묻어나고

문지방에서는 아버지 냄새가 난다

보리암 Ⅱ

잊을 것도 얻을 것도 없이
인연이 시작되고
기억은 더욱 깊은 수렁에
잠긴다

바위에 새긴 이름
바람에 날리고
낙엽에 얹힌 이름
하늘로 오른다

눈 위의 암자
바위 돌아
바람을 이고
반짝인다

그의 일생

사그락 사그락
낙엽은 큰 숨을 쉬며
굴곡 많은 속살을 드러낸다

그림자 길게 드리우고
나폴거리며
처음으로 바람과 마주한다

살갗 스치고 지나가는
갈대마냥 고개 들어
하늘에 뿌리를 내린다

걸어서 걸어서
숨이 차 얼굴 붉히고 돌아앉아
내 작은 손에 잠든다

돌편지 Ⅱ

산사의 새벽은 안개로 시작한다.
풀섶에 걸린 거미줄에 맑은 수정은
내 하얀 돌편지에 묻어납니다

오늘같은 새벽에는
일렁이는 바람에도 숱한 인연으로
어느 한 순간의 벽만 봅니다

생각하면
꿀밤 하나 주어서 너털웃음 속에
묻어나는 그 돌편지 사연

눈을 뜨면 보이는 억새는
왜 하필 내 손만 달라고 하는지
습관처럼 시린 눈을 들어
낡은 지게만 봅니다

보리암 Ⅲ

풍요가 끝난 나뭇가지
가늘게 붙은 낙엽
떨리는 정하나 걸고
사람이길 사람이길

새벽 산사의 목탁소리에
잠들어 있는 마음 소리
줄 긴 두레박으로 끌러 올렸다
감은 눈에 들리는 번뇌

새벽녘 신기침
고요함을 깨뜨리고
은은한 나무향
면벽하는 촌로의
깨달음 깨달음

삼일 낮밤 깊은 잠은
인연이길 인연길
뜨이는 두 눈에
무상심 무상심

돌편지 VI

옛날 아주 먼 옛날
나의 사랑은 둥글고 넓은 나뭇잎
보기만 하여도 입가에 미소를
머금게 하는 감나무 사랑

메마른 가슴 한 점 파르르
번지게 하는 잎 말린 벽오동 사연
아픈 가슴 깊이 박힌
잎가는 솔잎

파란만장 울긋불긋
말리고 뒤틀린 채 굴러가는 그림자
돌편지 둥글둥굴 마음이 좋은
매끈한 돌은 사랑의 마음

울퉁불퉁 돌은 마음의 상처를
삭히며 마음을 전해 주는 손길
그 옛날의 돌편지
눈물이 난다

추억

지키는 것은
소리를 얻기 위함이다

마디 굵은 손
삶의 이랑은
갈고 또 갈아도 힘겹다

바람으로 일어난
지난 시절은
벽화가 되었다

추려 하늘로 보내고 있다

망태기 Ⅰ

풀어 놓습니다

가방 큰 아이는
어깨가
오른 쪽으로 기울어 있습니다.
산을 돌고 돌아

신이 무거운 아이는
철길 위를 걷고 있습니다
앞발을 이어 따라

눈이 어지러운 아이는
보이는 것과
보이지 않은 것을 찾고 있습니다
눈길을 더듬고 더듬어

불영사

산은
나무를 안고
불영이 된다

길은
빛 그림자 길게
물 따라 흐른다

고개 내려오는
비구니 손끝에
모이는 번뇌

스치는 인연에
두 손 모우고
일 배 속의 해탈

미련

동한거
준비를 한다

바닷가
모래 사장 아래
찬물이 고여 흘러간다

아랫도리 벗어
찌든 때 묻은 때
냉수 마찰한다

편하게 입은 옷 벗어
눈앞에 놓은
시리디 시린 삶의 무게
양손으로 받아
내려놓는다

훌훌 벗은 마음
머리 감아
그래도
아쉬워 아쉬워
이승으로 고개 돌린다

추억

바람이 지나가고 난 뒤
나무는 많이 흔들리고 있다
마른 잎들이 떨어진 채
뒹굴고 있다

한줄기의 바람이 스쳐 지나간다
유년의 아련한 기억들이
한줄기 추억되어 바닥에
흩어지고 있다

추억은 한줄기 오솔길
오래 다녀 만들어 놓은 길처럼
오늘도 내 기억은
풀지 못하는 미로다

손편지

붉은 바위 물결무늬
굴곡된 시간의
흔적

다른 색깔로
자기 시간 협곡의
굵고 틈새나 있는
풀들과 아슬하게
발에 걸친 나무들

쌍계사 Ⅲ

쌍계사는
산자고의 아름다운 자태로
봄 향기를 전한다

여름의
팔영루 앞 배롱나무
가지가지
피운 사랑

가을이
깊어가는 잎들은
바람 따라 흔들리는
때 이른 낙엽
겨울 채비에
얼굴을 붉힌다

내려놓기 힘든 짐
눈의 무게를
이기지 못하지만
산사의 겨울비는
눈보다 아름답다

IV부

그 네 번째 이야기

; 기억의 눈을 보다

갈대

긴 물줄기 따라
수줍게 자리 잡은 곳

내 설 자릴 골라
종일 바람 맞으며
바로 서기 연습
외발로 외줄 서기한다

시원스럽게 일렁이는 깃발처럼
그저 몸뚱아리 맡기고
허허롭게 기지개를 켠다

시간은 흐르고
또 지나가지만
갈대가 서 있던 그 자리는
오늘도 하얀 머리로
그리움을 추려 하늘로 보낸다

강

강은
길고 긴 그림자를 만들고
떨어진 낙엽으로
물을 안고 바닥으로만
흐른다

파도는
포말을 대신하여
금방 사라질 계절의 끝을 잡고
가을을 느낀다

해를 안은 강은
돌이켜 보면
떠나 온
여름 한나절의 꿈

강은
물결 일렁이는 듯
잠시 머문 자리도
비워서 흩어 버리고
조약돌로 남는다

수련 Ⅲ

삶의 연결을
꽃피울 수 있는 것은
산사의 풀꽃

마당 넓은 곳을 뛰는 강아지
울이 없는 침묵
그 침묵이 그립다

사람이 그리워
그 향기에 젖어
지나가는
봄날의 향연

산 I

바람이 낙엽을 쓸고
도로로 나와
겨울 소리를 낸다

낡은 여관방
기침이 새어 나는 신새벽
뜨이지 않는 눈과
씨름을 한다

시간은 사람을
겸손하게 하고
옷깃을 여미게 한다

한발 한발 옮긴다

정상을 위해
길은
좁은 오솔길을 만들어
놓았다

오르며 만지는
손때 묻은 나무는
산을 찾는 사람들에게
안온함을 주는
벗이다

한 계단 한 계단 오른다

쌓아 올린 바위들
그 무거움을 지탱하는 것
부드러운 흙이란 걸
깨닫게 되었다

정상에 오르면
다시 내려가는 법을
알게 하는
산은 윤회였다

수련 Ⅱ

이름없는 가슴으로
손님되어 온다
잎넓은 포도송이
가느린 가지에 걸려
산으로 산으로 오르고 있다

언덕에 앉아
바라본 가을산
발길을 잡고
풀벌레 소리
개울 따라 흘러간다

동화사

봄 오동은
하늘을 이고 여섯장
꽃을 피운다

내 속에서 태어난
치어처럼
만남이 수행이다

산문을 열고
들어가
촛불로
마음을 사른다

나오며
향을 피워
영혼을 깨친다

일 배 속에
오동꽃 향이
묻어 나오다

가을 I

바람되어 흔들리다
마음속의 종소리는
그대를 부른다

시린 겨울 바람은
가슴에 뿌린 기억들이
두 손을 잡고
그리움을 쌓는다

가을산의 마른 가지는
지나가는 바람에도
깃털같은 흔들림으로
세월은 머물게 한다

바람따라 구름되어
계절은 그렇게 깊어간다

단풍에 물들고 싶다

수련 I

쪽빛 하늘
바람에
일렁이는 연못
하늘과 땅의 경계가
사라졌다 이어지는
물결 위에
고요하게 시간의
꽃잔치
내 눈에
마음 새긴다

나무

나무를 본다

바람이 스쳐지나가며
가지를 흔든다
간지러운가 보다

추억이 꼬리를 물고
다가오지만
가지만 벌린다

그 높은 하늘
자신의 모습을
그리워하다 또 다른 화석이 되어

나를 보고 있다

홍련암 Ⅰ

앉은 자리 누운 풀
물상을 통해
너머 세계 보여주지만
마음은 꽃망울

연은 끈 잡아 하늘로
오르고 또 오르고
진한 감색 세 가닥
아래로 내린다

울퉁불퉁 평지
바람 따라 일어나듯
자리 잡은
일곱 소나무

뿌리로 뿌리 내려
끝 보이지 않아
손 모아 비는 마음
물결 따른 수행의 길

흰파도 연꽃 세계
정한 마음 눈 뜨고
바라보니 삼라만상
일도 일문 일색

길 Ⅱ

바람은
소리와 함께
계절을 바꾼다

길은 길로 이어져
한 계절을 낳고
마음과 마주한다

계절의 모퉁이에
촌부는 나무를 다듬고
그 손길 속에
세월이 익어간다

바람은
손가락 사이에서 벗어나
고추밭과 사과나무를 지난
촌부의 세월이다

하여
길은
촌부의 주름을 만들고
바람은 속에 자리한
기억을 포장한다

하늘

밝은 달
중천에 걸려
찬바람 머리 스쳐
폐로 스민다

스치며 날아가는
낙엽 따라
인연 하나
내려 놓는다

걸어서
오르는 행은
삼고의 업
발아래 묻는다

보리암 V

어둠이 내린 산사
아직 여명 전의 그 고요함
비포장 도로를 걷는 발자국 소리만
경내에 가득하다

이 길로 계속 가면
기도의 열반이 열릴까
좁은 공간에서 합장을 하면
오열하는 가슴과 만날 수 있을까

새벽 바람이 차다
달빛 아래 낙엽이 떨어진다
떨어진 낙엽을 잡고 탑돌이한다
새 생명을 위해 합장을 한다

감은 눈을 뜬다
향기롭던 기다림의 시간은
홀로 타는 촛불이 되어
나를 깨운다

길 Ⅲ

생각하면 그것이 때론
쓸데없는 것인 줄 알면서도
같은 길을 계속 걸어간다
친구들과 이야기하던 청미 고갯길
돌아오는 흙길은 내 추억의 길이다

기억하지 않을 것 같으면
처음부터 생각을 하지 않았을 것인데
언젠가 잊을 그 무엇 때문에
그 가을 꿀밤 주워 주머니 불룩하게
넣어서 돌아올 때의 그 아늑함으로 인해
온 몸이 따가운 가을 햇살이 된다.

지금도 그 길을 걸어가고 있다

냇물

손을
냇물에
담가 봅니다

바람이
내 손등을
스치고 지나갑니다

여운이
잔잔하게
미소처럼 쌓입니다

물결

나무에 자신을 그려 넣었다

파도가 포말을 내어도
무덤덤하더니
스스로는 몸이 간지러운가 보다

꼬리에 꼬리를 물고
끝없는 향수로 인해
고향을 향해
매일 팔을 뻗어 본다

육지는 매정하다
늘 마중을 나가지만 혼자다
몸만 씻고 돌아온다
그리고 보낸 것에 대한 미련이 없다

만나면 상처로 남는다
그 많은 아픔으로 인해
지금은 물은 없고 결만 남았다

물결은 나무 속 자신의 모습을
그리워하다 또 다른 화석이 되어
나를 보고 있다

쌍계사 Ⅳ

팔각은 하늘을 안고
9층탑 오색 등으로
내려온다

헌화 생의 공덕은
청학루 돌아 팔상전
강원을 끼고 돈다

한겨울 서리
추위에도 꼿꼿한 국화
지리산 깊은 도량
자연 속에 아늑하다

일주문 앞
건너면 세 길 앞
숨고르기
그 너머 고단한
하늘의 끝이 숨을 쉰다

팔각은 하늘을 안고
울었고, 웃었고
모두 향기로 흩어진다

물

세월 따라 굽이치는
길을 본다

자연을 닮아 순리대로
낮추고 또 내린다

멀리 보이는 산도
더 푸른 들판도
모두 지나가면 길이 된다

지나가고 나면
모두가 역사를 만들고
아무도 가지 않은 길도

지나가면 사랑이 된다

단샘

예천(醴泉)
단술 예(醴)자에 샘천(泉)자라
수주(水州)와 보주(甫州)를
기양(基陽)과 보천(甫川)을
청하(淸河), 양양(襄陽)을
거쳤네.

물은 만물의 근원
새벽 우물물을 길어다가
어머니 양손에
정성으로 내린다

물은
인자수지(人子須知)라

가천(嘉泉)이라 진응수(眞應水)는
물맛 달고 빛이 맑아
향기 나고 휘저어도 혼탁함 없네

예천(醴泉) 단샘

그 맛이 식혜와 같이 달고

덕이 신물(神物)을 감동시켜

마시면 장수(長壽)요

씻으면 무병(無病)이라

진불사

구불구불
골 따라 천년의 시간
간직한 칠성골
진불사

숨소리 바람소리
다 안은 작은 연못
하늘 안고 반긴다

오르막 내리막
선계에 오르면
등불 폭포
계절 끝자락에 걸린
까치밥이 아름답다

안개로
솔잎은 솔잎대로
빛바랜 기억도
우망각에 자리하면
소박한 보리심이 된다

하늘에 닿은 구름
포대화상
소원 하나 빌면
마음으로 미소한다

나풀나풀
치맛자락 늘어뜨린
단풍나무
가을 냄새 사람냄새
영롱한 빛으로
묻어난다

차(茶)

수주(水酒)에 뜬 달이
은은히 잎에 내리다
이슬 머금어 쏟아내
다섯 잎 피워내니
하늘 향해 우주를 품었다

흘러흘러 내린 물이
물돌아리 만들어
하늘로 오르니
돌아돌아 다시 돌아
상생(相生)의 도(道)가 물길이라

휘몰아 젓는 포말 안고 살짝
가라앉았다 일어났다
치고받는 물 살 속에서
천고의 황수바위처럼 변하지 않으니
참으로 아름답다

166

바람이 눈을 몰아
인고의 세월 다 보내고
울퉁불퉁 찻잔 속에
스치고 지나가는 향기 놓으니
다향(茶香)은 옷에 진다

가을 II

고갯길 오르면 오솔길이다
뒤 산은 온통 송화가루다
봄 한 때 송화가 안개처럼 날린다

여름의 잎 넓은 그늘을 지나
가을 끝 감나무가지에
아버지는 감 하나를 남기신다

시골의 인심은 마디 굵은 손에서 시작하여
땅콩 한 줌과 대추 몇 알
보는 사람으로 하여 훈훈하다

길가에서 조각조각 기운 자루에
아버지는 참깨를 털고
마당에서는 어머니가 나락씨를 줍는다

늙은 어머니는 한 손으로 지팡이를
다른 한손으로는 줄어든 허리를 잡는다
뒷산 자락의 항수바위에서 불어 오는 바람은
갈대 위로 날아드는 새들이 자리한다

가을이면 아버지가 그립다

길 I

기억 사이로
흘러내리는
마지막
역에
도달하는 것

다시 이어진 가지

봉암사

사람이 좋아 사람이 좋아
더디게 더디게
바위가 모래가 될 때 쯤
만남을 허락하는 물돌이

걸어서 오르는 야트막한 고개도
주절이 주절이 전설을 안은 채
수백 년을 그 자리만 지키고

휘감아 흐르는 물은 낙엽을 안고
바닥으로 당기고 당겨
숱한 그리움의 성을 쌓았네

길손의 눈까지 끌어들려
오솔길도 바위도 바람도
발자국마저 그 속에 담겨 있네

그 고독의 빛깔과 모양

문학평론가 이동훈

권오휘의 시는 서정으로 자연을 바라본다.

평자로서 그의 시 표면에 드러난 서정과 자연보다 그 이면에 잠재된 '고독'이라는 키워드에 주목한 것은 시인의 삶을 조금이나마 알기 때문만은 아니다. 어쩌면 시인에게는 두 가지 시의 세계가 있고, 그 중에서도 말하고 싶은 숨겨진 무언가가 있을 것이라는 합리적인 추정 때문이다. 시집 전편에 흐르는 서정보다 어쩌면 그가 내면 깊은 데서 토해 내고자 한 각혈 같은 키워드가 바로 '고독'이라 생각해서다.

1. 시인의 고독

한 시인이 고독에 대해 집착하는 것은 아주 자연스러운 일이다.

모든 인간이 사고의 심연에 이르면 필연적으로 마주치게 되는 고독. 마치 모든 물체가 지구의 중심으로 떨어지듯 누구나 생각의 끝이 한 곳으로 귀결되고, 그 중심에는 고독이라는 깰 수 없는 존재의 핵이 버티고 있다. 고독은 우리 존재의 본질이기도 하기 때문이다.

문제는 우리가 그 고독 앞에서 취하는 자세다. 헤세처럼 향기로운 언어로 고독을 풀어 나가거나, 윤동주처럼 로맨틱하게 어루만지거나, 아니면 킬리만자로의 표범처럼 비장하게 맞설 수도 있다. 우리가 시인들에게서 바라는 고독에 대한 태도는 보통 그런 것이다. 그래서 그를 통해 수용자(독자)인 우리 자신들 역시 고독 앞에서 위로 받고, 또 잠시 그로부터 자유를 느낀다.

　그러나 이는 권오휘의 시 앞에서 바랄 수 있는 해법은 아니다. 스스로 그가 시인이라는 사실을 망각한 것일까. 아니면 그런 기교 자체가 사치라고 여긴 걸까. 아마도 후자일 것이다. 심지어 그는 고독으로부터 빠져나오는 경로, 로맨스나 비장함, 또는 그 어떤 기교를 스스로 차단한 채 그냥 고독과 마주한다.

　그가 고독을 대하는 접점은 그래서 늘 수평적이고, 태도는 편안하기까지 하다. 그의 시선을 따라 그의 고독이 내는 빛깔과 모양을 더듬어 보자.

2. 고독과의 악수

　이번 두 번 째 시집을 내면서 권오휘가 첫 시편에서 꺼낸 화두는 오래 헤어졌던 친구와의 해후, 그것이다. 반평생의 시간을 헤어졌던, 그러니까 아주 어릴 적 친구를 다시 만난 일을 화두로 꺼낸 것이다.

반평생이란 시간 뒤에
만난 어색한 자리에서
악수하는 것보다 편한 것은 없다

(중략)

길 떠난 친구는
말라 버린 보리알처럼
지금의 나를
과거에 살게 했다.

〈친구와 보리밥〉 중에서

그의 고독은 과거와 깊은 연관성을 맺고 있다. 그 과거란 단
지 어린 시절을 말하는 것만은 아니다. 죽마고우와의 서먹서먹
한 악수. 그 악수는 친구의 안경 너머로 건너 가 곧바로 '말라버
린 보리알'에 닿고 있다. 시인에게 보리알로 나타난 과거란 무
엇일까.

그의 '과거'는 여러 편의 시에서 '추억'으로 나타난다. 시인이
말하려는 과거는 추억으로 연결되고, 다시 고독에 맞닿아 있다.

흩어 놓았습니다.

숨어 버린
조각은 안타깝습니다

생각의 끝이
추억의 시작임을 알게 되었습니다

〈망태기 Ⅲ〉 중에서

늘 시인의 생각의 끝에는 추억이라는 것, 추상도 아니고 구상도 아닌 영역이 기다리고 있다. 이는 시인이 삶의 본질로 다가가는 종착점이 유년시절임을 말한다. 유년시절은 곧 우리가 태어난 지점을 말하며, 이어 설명할 시 〈연과 실〉에서 실에 해당한다.

실은
연이 닿을 수 있는 곳으로
줄을 놓습니다

하여
연은 언제나
실을 바라만 보고
주위를 맴돌 뿐입니다

〈연과 실〉 중에서

심지어 모든 시인들에게서 자유의 심볼로 등장해 온 연마저 그에게는 실에 묶인 그 어떤 존재로 나타나고 있다. 이는 시인으로서는 미학을 포기하고 의미를 잡으려는 일종의 모험이자,

정서의 파괴다.

시인에게 연은 철저하게 피동적 존재다. 연이 허공을 찾아 날아가는 게 아니라 실이 연을 그 곳에 갖다 놓은 것이다. 더 높이 올라가 바람에 줄을 끊고 자유롭게 날아가는 그런 일조차 없이, 다만 연은 실에 달린 그 무엇이며, 비행체가 아니라 속박된 물체일 뿐이다.

시는 '오르렵니다. 더 높이 더 멀리...'로 시작하지만, 결국 연은 자신이 떠나 온 지상의 어떤 지점을 맴도는 허상의 자유를 의미하는 상징으로 끝날 뿐이다.

> 세상이 꽁꽁 언 겨울
> 산촌의 저녁 짓는 연기처럼
> 편지는 고독이다
>
> 촛불이 타는 심지를 본다
> 촛불 심지는 그리움이다
> 진흙탕의 홀로 긴 대궁에 꽃을 피우는
> 연꽃처럼 그립다
>
> 이 계절에
> 오지 않는 편지를 기다리는 것은
> 나의 첫사랑에 대한 고독이다
> 그것은 사랑이었다

〈편지〉 중에서

이 시는 첫사랑이 보내 온 편지를 읽은 느낌을 쓰고 있다. 얼핏 읽기에 오래 묵은 첫사랑이 보내 왔던 편지를 꺼내 읽는 행위가 외로움으로 다가올 법도 하다. 하지만 시적인 현실은 좀 달라야 한다. 미학적으로 그 그리움의 출구가 전혀 없다는 데 오히려 눈길이 간다. 그리고 시인은 반복하여 고독을 말한다. 이는 시인의 고독이 지닌 존재론적인 표피가 매우 두껍고 단단하다는 걸 여실히 말해주고 있다.

그럼에도 시인은 고독에 대해 너그러움을 보인다. 그것은 더 정확하게 말하여 너그러움이라기보다 스스로 고독을 향유하려는 포용적 태도일 것이다.

돌편지 사연 속에
인연이 살아나고
하나 둘 그리움이 묻어난다

그 사람 다릿돌 하나
쌓아 내게 주었지만
그 다리 낙엽 따라 흘러가고

(중략)

주머니 속에 넣어 주고
오늘도 만지작거리며
보내지 못한 돌편지

〈돌편지 Ⅳ〉 중에서

3. 고독의 도피처, 혹은 그리움

시인이 고독 앞에서 선택한 유일한 출구는 당연히 그리움이다. 물론 이것이 현실에서나 가능한 것처럼 고독에 대한 시학적인 해법은 아니다. 다만 갇힘에 대한 풀어냄 같은 출구로서 그리움이 자주 등장한다.

시인의 유년시절을 연상케 하는 추억을 표현하는 대목에서 자주 등장하는 철로(철길) 역시 어디론가 통하는 출구에 다름 아니다. 이 철로는 유년시절에 놀던 공간이면서 그 공간으로부터 외부로 연결되는 유일한 채널이기도 할 것이다. 시인이 유년시절을 보낸 경북 예천의 시골마을 옆으로 경북선 철도가 지난다.

보슬비
말없이 내리는 날
그대를 보내고
긴 철로 위에서
그리움을 내린다

〈그대를 보내고〉 중에서

그리고 다음 시 〈망태기 Ⅲ〉에서는 철로가 끊어진 땅의 다리를 놓아주는 희망의 통로로 나타나기도 한다.

철길은
다리를 놓아 줍니다
자갈 하나에도
기억을 할 것 있나 봅니다

<망태기 Ⅲ〉 중에서

그리고 시 〈망태기 Ⅱ〉에서도 '철길은/동행할 수 있어 좋습니다'라며 철길이 고독과 그리움에 대한 대안 상징으로 드러난다.
또 다른 시 〈비 오는 날〉에서 철길은 기차역을 무대로 삶의 공간으로 변모하고 있다. 그래서 시인은 사람이란 열차와 같다고 말한다.

복사꽃잎 타고 온 시간이 잠시 멎고 가는 곳
향수 바위에 앉아 세월을 보낸다
다시는 오지 않는 기차를 기다리고
철길 옆에서 서성거리고 있다

역관은 깃발을 들고 기차를 지나보낸다
내리는 깃발을 보고 산다는 것에 대해
생각을 한다

여전히 비는 내려 철길 위에 돌을 씻고
멀리 희미하게 보이는 가로등 불빛이 보이고

비옷을 입은 역관이 하루를 내린다

어쩌면 삶이란 저 달리는 기차와 같다

〈비 오는 날〉 중에서

4. 고독의 탈출구, 사랑의 갈망

시인에게 고독의 해법인 사랑이 전혀 나타나지 않는 것은 아니다. 사랑의 느낌이 완전하게 표현된 아주 드문 시는 다음의 〈바람비〉이다.

바람비

바람이 비를 그리면
나는 바람을 위해 나무 위에 둥지를 만든다
나무 위에 둥지는 내리는 비를 여기 저기에
묻어 놓는다

세월이 지나도 빛이 바라지 않는
둥지는 나무 사이로
비와 바람의 추억을 만들고
나뭇가지는 흔들리어 떨어지는
그리움을 자기의 어깨에 걸친다

그리움은 벽을 만들어 놓아도
그 사이로 들어와서
못내 아프고 슬픈 마음에 불을 지핀다

불은 바람 사이로 추억마저 따뜻하게 만든다
그 따뜻함이 나무문으로 스며들어
세상에서 가장 아름다운 사랑을 키운다
비가 내리는 날 오랜 기다림으로
세상으로 팔을 벌린다

〈바람비〉 전문

그리움의 출구인 사랑이 모습을 드러낸 것이다. 에로틱한
상징으로 해석해도 무리가 없을만한 이 시는 시인에게서는 매
우 이례적인 표현이다. 그 이전의 억눌리고 절제된 시편에서
는 찾아보기 어려웠던 무한한 긍정과 수용, 발산과 조화, 능동
적 존재감이 드러나는 시여서 눈에 띈다.

바람이 지나고 난 뒤에
잔잔한 평지에 그대를 위하여
작은 그림을 그리겠습니다

마당이 알맞게 넓은 집에
구석구석 눈길이 갈 수 있는 나무를 심고

세월을 담아 바래지 않는 추억의 탑을
세워 놓겠습니다

〈바람에 젖다〉 중에서

'사랑'을 온전하게 표현하는 시는 이 두 편이다. 이 시편들에
공통적으로 등장하는 언어들은 '바람', '비'등이다. 이는 시인이
늘 바라다 보아 온 '땅'과 대비되는 상징들이다. 이는 곧 하늘
로부터 내려오는 바람과 비는 그가 갇힌 땅에 대한 구원이 아
닐까.
　그것을 말해주는 것처럼 이 시 〈바람에 젖다〉는 다음과 같
은 표현으로 끝나고 있다.

따뜻한 마음으로 찬바람이 들지 못하게
아름답고 아담한 그림 가장 자리에 선 굵은
길을 만들고 그대만을 위한 문을 세우고
그대가 바람 되어 오는 날 활짝 열어 놓겠습니다

〈바람에 젖다〉 중에서

5. 고독의 해법

시인에게 고독의 해법은 고독 그 자체에서는 찾기 어렵다.
시인은 시적인 감수성을 매개로 하여 고독을 노래하는 방식으
로 탈출해 나가야 한다. 이 점이 바로 시인이 고독을 즐기기보

다는 고독과 마주하거나 우회하려는 자세를 견지하고 있다는 반증이기도 하다.

몇 편의 시를 통해 시인은 철학적인 방법을 통해 고독을 극복하려 한다. 그래서 그러한 시들에서는 존재론적인 해법이 간혹 등장한다.

특히 아래 시에서는 친구에게 권유하는 형식을 빌어 비움을 통해 고독을 탈피하는 의도를 표현하고 있다.

너털웃음 끝에
찾아오는 아련함
그것이 그립네
하여 비우고 떠나게

〈친구라 하네〉 중에서

아래 시 〈죽음과 부활의 갈망〉은 상징적인 언어로 해석할 수도 있겠으나, 언어 그대로 보자면 마치 산에서 거친 땅을 일구어 묘터를 만들고 시신을 매장하는 과정을 담아낸 듯하다. 그리고 죽음과 함께 다시 눈을 뜨는 부활의 메시지가 반전을 말해주고 있다.

죽음과 부활의 갈망

일천 산에 오른다
바닥의 흙을 고른다

고구마 줄기를 헤앗고
콩포기를 가지런 하게
켠켠히 쌓는다

이천 산에 오른다
바위 위의 풀을 뜯고
가지 많은 아카시아 나무를
뿌리채 캐어낸다

삼천 산에 오른다
선 굵은 바위 앞에
쌓인 흔적 쓸어 낸다
넓은 마당 단을 쌓는다

무릎 꿇은
삼배 속에 향기가득
빛이 나고
감았던 눈을 뜬다

〈죽음과 부활의 갈망〉 전문

이 밖에도 그의 서정시들 중에서는 불교적인 정서, 또는 직접적으로 사찰을 둘러싼 자연풍경을 묘사하는 시편들이 많은 것 또한 이와 무관치 않다. 그리고 마니산, 길상 등을 배경으로 한 시편들 역시 다분히 풍경 속에 민족정서나 전통철학을 연상시키는 시어들이 외연적으로 이를 암시하고 있다.

6. 맺음

　서정시가 주를 이루는 권오휘의 이번 시집에서 고독이라는 테마를 꺼내든 것은 시평을 하는 사람들의 못된 습관이라 해 두자. 독자든 평자든 한 시인의 정신세계를 고독이라는 키워 드로 재배열하는 것도 마땅한 방법론은 아니다. 하지만 시편 전체에 흐르는 테마를 통해 시인이 고독이라는 의미론에 갇혀 있음은 분명했다.
　이 시집 전반에서 주옥같은 서정적 시편들은 작품을 통해 만나 보시기를 바라면서 아름답게 읽었던 서정시 한 편을 덧붙 이면서 글을 맺는다. 시인의 맑은 감성이 고독에 대한 해탈의 해법을 가장 잘 표현한 시라 생각되어서다.

수련 I

쪽빛 하늘
바람에
일렁이는 연못
하늘과 땅의 경계가
사라졌다 이어지는
물결 위에
고요하게 시간의
꽃잔치
내 눈에
마음 새긴다